Der ewige Krieg 1

Die Tauren

Text: Joe Haldeman   Zeichnung: Marvano

EDITION
comicArt
IM CARLSEN VERLAG

Joe Haldeman wurde 1943 in Oklahoma City geboren und arbeitete als Diplomphysiker und -astronom, bevor er 1967 mobil gemacht und nach Vietnam geschickt wurde. Dort wurde er lebensgefährlich verletzt. Zurück in Amerika arbeitete er nach fünfmonatigem Krankenhausaufenthalt als Bibliothekar und Programmierer, bevor er 1969 in »Galaxy« seine erste Science-Fiction-Story »Out of Phase« veröffentlichte. 1974 entstand der Roman »Der ewige Krieg«, der mit dem Hugo- und dem Nebula-Award sowie dem australischen Ditmar-Preis ausgezeichnet wurde. Für sein nächstes Buch, »Mindbridge« (1976), erhielt Haldeman die bis dahin unglaubliche Honorarvorschußsumme von 100.000 $. Mehrere Romane folgten, die in Deutschland bei Heyne, Moewig und Bastei erschienen sind. **Marvano,** unter seinem bürgerlichen Namen Mark Van Oppen 1953 geboren, hatte Innenarchitektur studiert, als er Haldeman 1970 auf einem Science-Fiction-Kongreß in Gent kennenlernte. Er illustrierte mehrere SF-Romane und war Chefredakteur der holländischen Zeitschrift »Kuifje«, für die er auch einige Kurzgeschichten zeichnete. »Der ewige Krieg«, auf drei Bände angelegt, ist seine erste große Comic-Erzählung.

Der gleichnamige Roman von Joe Haldeman ist als Heyne-Taschenbuch erschienen

EDITION COMIC ART im Carlsen Verlag
Lektorat: Andreas C. Knigge
1. Auflage Februar 1991
© Carlsen Verlag · Hamburg 1991
Aus dem Französischen von Ute Eichler
LA GUERRE ETERNELLE
Copyright © 1988 by Marvano, Haldeman and Editions Dupuis, Charleroi
Lettering: Monika Weimer
Druck und buchbinderische Verarbeitung:
Elsnerdruck, Berlin
Alle deutschen Rechte vorbehalten
ISBN 3-551-72291-9
Printed in Germany

AM DRITTEN TAG UNSERER AUS- BILDUNG KLOPFTE DER TOD AN.

WIR LERNTEN, DEN EISIGEN BODEN DES GRÜ- NEN PLANETEN AUSZUHÖHLEN. **BOVANOVITCH** WAR IM BEGRIFF, AUF DEM GRUND DES KRATERS EINE SPRENG- LADUNG ANZUBRINGEN.

DIESES SCHEISS- GERÖLL ! MEIN FUSS IST EINGEKLEMMT... **HELFT MIR !**

WIR *KONNTEN* IHR NICHT HELFEN ... NICHT BEI EINER LA- DUNG VON ZWANZIG MEGATONNEN, DIE IM BEGRIFF WAR, AM BODEN DIESES LOCHES ZU EXPLODIEREN. UNSER AUSBIL- DER, SERGEANT **CORTEZ**, TAT, WAS ER KONNTE.

BEHALT DIE NERVEN. DU KANNST ES SCHAFFEN ... DU HAST NOCH ZWEI MI- NUTEN ...

ICH BIN FREI !

ACHTZIG SE- KUNDEN ...

DANN NICHTS WIE RAUS AUS DEM KRATER !

DIE STIMME VON CORTEZ BLIEB OHNE EMOTION.

ER BEORDERTE DIE FERNGESTEUERTE KAMERA HERBEI. SO KONNTEN WIR IM WEITEREN VERLAUF DEN FEHLER ANA- LYSIEREN.

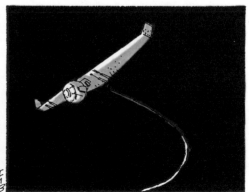

ES BLIEB NICHT MEHR ALS EINE MINUTE, ALS SIE AUS DEM KRATER AUFTAUCHTE.

LAUF, KLEINE! LAUF!

DREISSIG SEKUNDEN...

ALSO GUT, BOVANOVITCH. LEG DICH AUF DEN BODEN, DIE FÜSSE ZUM KRATER.

LEGT EUCH ALLE HIN!

VIELLEICHT HATTE SIE CORTEZ NICHT GEHÖRT... ODER DIE ANGST WAR ZU GROSS GEWESEN? JEDENFALLS RANNTE SIE WEITER.

BOVANOVITCH! NEIN...

SIE WAR MITTEN IM SPRUNG, ALS EIN BLITZ AUS DEM KRATER EMPORSCHOSS...

IRGEND ETWAS
TRAF SIE IM
GENICK.

DAS BLUT, DAS AUS DEM ENT-
HAUPTETEN KÖRPER SPRITZTE,
GEFROR AUGENBLICKLICH.
WIR FOLGTEN DER SPUR: EIN
STREIFEN AUS KRISTALLINEM,
SCHARLACHROTEM PUDER.

AM ENDE DER
ROTEN FÄHRTE
HABEN WIR STEINE
GESAMMELT,
UM DAS ARME
DING, DAS
HIER REGLOS
LAG,
ZUZUDECKEN.

AN DIESEM
ABEND GAB UNS
CORTEZ KEINE
VORLESUNG.
ER ERSCHIEN
NICHT EINMAL
ZUM ESSEN.

RICHTIGEN
HUNGER HATTE
ÜBRIGENS
NIEMAND...

ICH SAH WIEDER DIESEN KLEINEN FRATZ VON FRAU ZUR ZEIT UNSERES THEORETISCHEN UNTERRICHTS...

GENUG FÜR HEUTE! DAS WAREN DIE ACHT BESTEN ARTEN, EINEN MANN LAUTLOS ZU TÖTEN. NOCH FRAGEN?

JA, SIR. DIESE METHODEN ERSCHEINEN MIR ETWAS... ÄH... *ÜBERHOLT.*

UND WARUM, SOLDAT BOVANOVITCH?

NEHMEN WIR DEN SCHAUFELHIEB IN DIE NIEREN. IN WELCHER SITUATION HÄTTEN WIR ÜBERHAUPT EINE SCHAUFEL ALS WAFFE?

UND WENN DOCH, WARUM SOLLTEN WIR IHM DAMIT NICHT ÜBER DEN SCHÄDEL SCHLAGEN?

ER KÖNNTE EINEN HELM TRAGEN.

DIE OFFIZIERE HATTEN AUF *NAHEZU* ALLES EINE ANTWORT.

UND WENN DIE **TAUREN** KEINE NIEREN HABEN?

IN JENEM JAHR, 2010, HATTE NOCH KEIN MENSCH EINEN **TAUREN** GESEHEN. WIR WUSSTEN, DASS SIE EXISTIERTEN, DAS WAR ALLES...

DAS IST MÖGLICH...

WIR KÖNNEN AN-NEHMEN, DASS DER AUFBAU IHRES KÖRPERS GENAUSO KOMPLIZIERT IST WIE DER UN-SERE.
ALSO...

...MÜSSEN WIR IHRE SCHWACHEN STELLEN HERAUSFINDEN UND DARAUS UNSEREN NUTZEN ZIEHEN. DAS WIRD IHRE AUFGABE SEIN. **OKAY! ENDE DER VORLESUNG...**EINS NOCH: IN EINER WOCHE BRECHEN SIE NACH CHARON AUF. IHRE ERSTE RAUMFAHRT... HALS- UND BEINBRUCH, SOLDATEN!

HALS- UND BEINBRUCH, SIR!

CLACK

I5A

DAS WORT GLÜCK PASSTE SCHLECHT IN EINEN KRIEG, DER SICH NICHT TRAUTE, SEINEN NA-MEN ZU NENNEN... ICH GING MIR IN DER KANTINE EINEN KAFFEE GENEHMIGEN UND EIN PAAR INFOR-MATIONEN EINHOLEN. ES SCHNEITE. ICH FRAGTE MICH, WAS ICH HIER MACHTE...

DOCH...

"WIEDER EIN FORSCHUNGS-SCHIFF IM BEREICH VON **ALDEBARAN** ELIMINIERT. NACH DER AUFZEICHNUNG SEINER WELTRAUMSONDE..."

NEWSNIGHT

"...IST DAS FORSCHUNGSSCHIFF *EAGLE 6* VOR FAST VIER JAHREN VON EINEM KREUZER DER **TAUREN** ZERSTÖRT WORDEN."

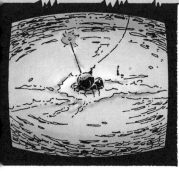

"IN DIESER AUSGABE UNSERER NACHRICHTEN ZEIGEN WIR IH-NEN EINE ZUSAMMENFASSUNG DER EREIGNISSE, DIE ZU DIESEM KRISENZUSTAND GEFÜHRT HABEN."

NEWSNIGHT

"DIE NEUIGKEIT ÜBER DIE ZERSTÖRUNG VON *EAGLE 6* WIRD DEN AUFBRUCH DER IRDISCHEN FLOTTE NACH **ALDEBARAN** BESCHLEUNIGEN."

EAGLE 6
LIBRARY PICTURES

"...ABER ES DAUERT MINDESTENS VIER JAHRE, BIS DIESES GE-SCHWADER DEN ORT ERREICHT, WO *EAGLE 6* ANGEGRIFFEN WURDE..."

NEWSNIGHT

I5B

"UND IN DIESER ZEIT KÖNN-TE ES DEN **TAUREN** GE-LINGEN, SICH ALLE **POR-TAL-PLANETEN** UNTER DEN NAGEL ZU REISSEN."

SYMPATHISCHE IDEE...

IN WELCHES CHAOS BIN ICH DA HINEIN-GERATEN?

MAND

HOT DOG

PEACE IS OUR ...FESSION... SO YOU BETTER PAY CASH!

DIE ARMEE HAT UNS BEI DER HAND GE-NOMMEN. SIE TRAINIERTE UNS IN DER KÄLTE. TYPISCHE MILITÄR-LOGIK.

DORT, WO WIR UNS HINBE-GABEN, WÜRDE ES WIRK-LICH *SEHR* KALT SEIN. *TOTALER FROST...*

AUF DEN **PORTAL-PLANETEN** STIEG DIE TEMPERATUR NIE ÜBER ABSOLUT NULL.

WENN MAN SICH DORT ER-KÄLTET, IST ES, ALS SEI MAN BEREITS TOT.

"1998 WURDE DER KOLLAPSEN-SPRUNG ERPROBT. ES IST IN-ZWISCHEN ZUR TRADITIONELLEN METHODE GEWORDEN, ZWISCHEN DEN ERLOSCHENEN SONNEN ODER *KOLLAPSEN* ZU REISEN."

DAMALS WAR ICH ZEHN JAHRE, UND ICH ERINNERE MICH NOCH AN DIESES EREIGNIS. ES GIBT DINGE, DIE MAN NICHT VERGISST.

"DIE LICHTGESCHWINDIGKEIT IST PRAKTISCH ERREICHT. DIE MATHEMATIKER MUSSTEN DIE RELATIVITÄTSTHEORIE REVIDIEREN."

"EINE GRUPPE VON BAUERN NACH **RIGEL** ZU SCHICKEN WIRD IN ZUKUNFT WENIGER KOSTEN ALS DIE ERSTE HISTORI-SCHE MONDLANDUNG VON 1969!"

DIE POLITIKER SAHEN LIEBER EINFLUSS-REICHE KÖPFE DIE ZIVILISATION ZU DEN STERNEN HINAUFSCHAFFEN ALS DIE REVOLUTION HIER UNTEN ...

"DIE RAUMSCHIFFE WERDEN VON EINER AUTOMATISCHEN SONDE BEGLEITET, DIE IHNEN EINIGE MILLIONEN KILOME-TER WEIT FOLGT ..."

"DIE ÜBERTRAGUNG DER WEI-TEREN EXPEDITIONEN WURDE DURCH DIE **PORTAL-PLANE-TEN** GEWÄHRLEISTET, DIE UM DIE **KOLLAPSEN** KREISEN."

"FÜR DEN FALL DER ZERSTÖ-RUNG DES PILOTSCHIFFES IST DIE SONDE PROGRAM-MIERT, AUTOMATISCH ZU-RÜCKZUKEHREN."

"DIES EREIGNETE SICH ZUM ERSTENMAL AM 10. DE-ZEMBER 2007. EINE SON-DE FIEL IN DEN PAZIFIK ..."

ARTIST'S IMPRESSION

"IHRE AUFZEICHNUNGEN BE-LEGTEN, DASS DIE RAKETE COLUMBIA 4 ABGEFANGEN UND VON EINEM AUSSERIR-DISCHEN RAUMSCHIFF..."

"...ZERSTÖRT WORDEN WAR. DIESER ANGRIFF EREIGNETE SICH IN DER NÄHE VON AL-DEBARAN IM STERNBILD TAURUS."

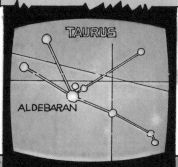

"DA DER BEGRIFF ALDEBA-RANIER SCHLECHT AUFGE-NOMMEN WURDE, NANNTE MAN DEN FEIND TAURER."

"DER ANGRIFF LÖSTE EINEN SCHOCK AUF DER ERDE AUS: WIR WAREN NICHT ALLEIN IM UNI-VERSUM..."

I7A

"UNSERE KINDER SUCHTEN BLOSS ANDERE LÄNDEREI-EN DES HERRN, UM SIE ZU BESTELLEN, ODER NICHT?..."

"DIE MASSEN FORDERTEN TATEN VON OFFIZIELLER SEITE, UND DIE PRO-TESTE WURDEN SCHNELL LEIDENSCHAFTLICH..."

"DIESES SCHIFF WAR VOLLER MÄNNER, FRAUEN UND KIN-DER. DIESE... BARBAREN HABEN SIE UMGEBRACHT! DAS IST KALTBLÜTIGER MORD!"

"DESHALB BESCHLOSS DIE REGIERUNG, DEN BAU MEHRERER WELTRAUM-KREUZER IN ANGRIFF ZU NEHMEN..."

"VON NUN AN SAHEN SICH DIE BAUERN VON SCHWER BEWAFFNE-TEN SCHIFFEN BE-GLEITET..."

"DIE F.A.V.N. WURDE GEGRÜNDET: FORSCHUNGS-ARMEE DER VEREINTEN NATIONEN."

MIT EINEM SEHR GROSSEN A FÜR ARMEE...

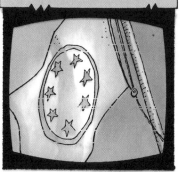

I7B

"DIE GENERALVERSAMMLUNG DER F.A.V.N. BESCHLOSS, EINE ELITEEINHEIT ZU RE-KRUTIEREN..."

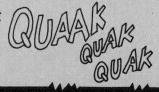

SCHAU AN!... DIE FORT-SETZUNG KENNE ICH. LEIDER!

EIN KLEINER GENIUS KAM AUF DIE IDEE, DASS DIE IRDISCHEN STREITKRÄFTE DIE PORTAL-PLANETEN BESETZEN SOLLTEN, UM DIE NAHEN KOLLAPSEN ZU KONTROLLIEREN...

IM JAHR 2009 WURDE DIE SCHLAGKRÄFTIGSTE ARMEE DER GESAMTEN KRIEGSGESCHICHTE REKRUTIERT... AUSERWÄHLT WURDEN NUR DIE BESTEN DER BESTEN.

UND WIR GEHÖRTEN DAZU: FÜNFZIG MÄNNER UND FÜNFZIG FRAUEN, AUSERWÄHLT WEGEN IHRES ÜBERRAGENDEN IQ VON 150 UND WEGEN IHRER AUSSERORDENTLICHEN PHYSISCHEN WIDERSTANDSKRAFT...

BOVANOVITCH WAR UNSER ERSTER VERLUST ...

MAN BRACHTE DEN **AUSERWÄHLTEN** BEI, DURCH SCHLAMM UND SCHNEE ZU WATEN UND SICH MIT EINEM EINZIGEN PROBLEM ZU BESCHÄFTIGEN : WIE MAN EINEN FEIND, DER SECHS METER HOCH SEIN MOCHTE, MIT SCHAUFELHIEBEN ZUR STRECKE BRINGEN KONNTE ...

DANN KAM DER TAG DES ABSCHUSSES. DARAN ERINNERE ICH MICH, ALS SEI ES GESTERN GEWESEN ...

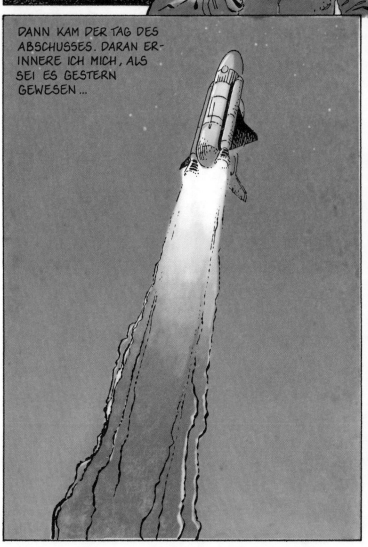

OBWOHL ER SICH IM PERIKLIUM BEFAND UND VON SEINER UMLAUFBAHN AM DICHTESTEN BEI SEINEM SONNEN- STERN, WAR CHARON ZWEIMAL WEITER VON SEINER SONNE ENTFERNT ALS PLUTO VON DER UN- SEREN.

DAS SCHIFF, DAS UNS DORTHIN BRINGEN SOLLTE, WAR EIN ALTER KAHN, DER URSPRÜNGLICH DA- FÜR VORGESEHEN WAR, ZWEI- HUNDERT BAUERN UND IHR VIEH ZU TRANSPORTIEREN. HIER DRÄNGTEN WIR UNS NUN ZWI- SCHEN EINER AUSRÜSTUNG, DIE AUSSCHLIESSLICH AUS WAFFEN BESTAND.

EINE REISE VON NAHEZU DREI WOCHEN. UM MIT EINEM ZWANZIGSTEL DER LICHTGESCHWIN- DIGKEIT IN DIE NÄHE VON NEPTUN ZU KOMMEN, BESCHLEUNIGTEN WIR WÄHREND DER ERSTEN HÄLFTE DES FLUGS KONSTANT.

IN DIESER FÄHRE ÜBEL ZUSAMMEN- GEPFERCHT, WAREN WIR MIT ZWEIMAL MEHR GEWICHT BELASTET ALS NORMAL. AUSSER EINIGER LEICHTER ÜBUNGEN BLIEBEN WIR WÄHREND DES GRÖSSTEN TEILS DER STRECKE LIEGEN, DENN ...

...DURCH DIE AUSWIRKUNGEN DER BE- SCHLEUNIGUNG FÜHRTEN SCHON KLEINE UNGESCHICKLICHKEITEN ZU KNOCHENBRÜ- CHEN UND SCHWEREN VERRENKUNGEN...

ES WAR NICHT RATSAM, ZU SCHLAFEN. DAS STÄNDIGE GEFÜHL VON ATEMNOT HIELT DEN GEIST WACH. UND MAN MUSSTE SICH UNAUFHÖRLICH UMDREHEN, UM DEN DRUCK AUF DIE ARTERIEN ZU LINDERN.

VÖLLIG ERSCHÖPFT GAB EINE FRAU DEM SCHLAF NACH UND ERWACHTE ERST, ALS EINE DER RIPPEN IHR DIE HAUT DURCHBOHRTE ...

DIE FOLGENDE ETAPPE DES FREIEN FALLS WAR EIN SCHMERZHAFTER TEST FÜR UNSERE MÄGEN: SCHWINDEL UND ERBRECHEN WAREN DIE FOLGEN!

DANN ERREICHTEN WIR CHARON!

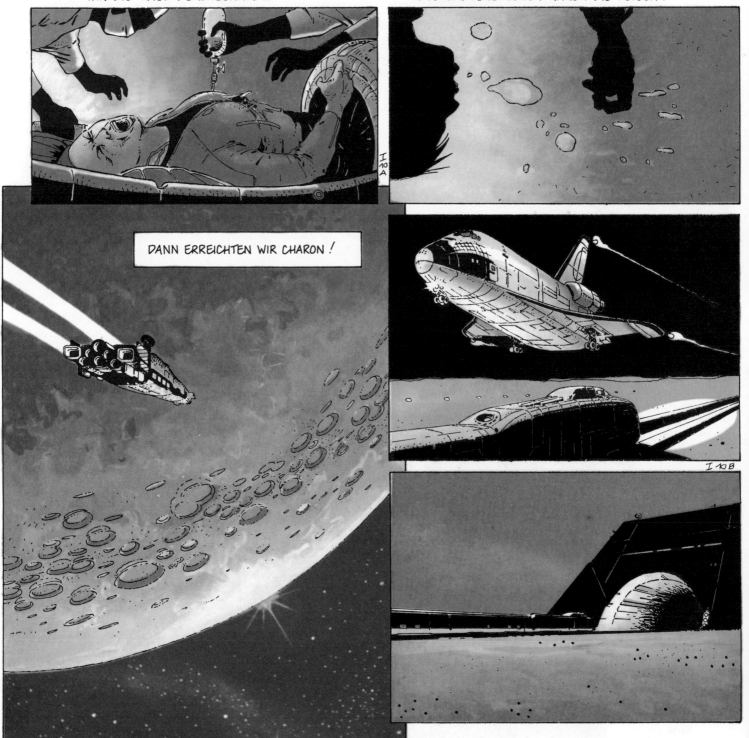

WILLKOMMEN AUF CHARON, SOLDATEN! SIE HABEN EINEN GUTEN TAG FÜR DIE LANDUNG GEWÄHLT...

DIE AUSSENTEMPERATUR BETRÄGT 208 GRAD UNTER NULL. DIESES TROPISCHE KLIMA DÜRFTE AUCH WÄHREND DER NÄCHSTEN JAHRHUNDERTE UNVERÄNDERT BLEIBEN...

EIN WITZBOLD!

ICH BIN OCTAVIO CORTEZ, IHR AUSBILDER.

DIE AUSBILDUNG, DIE IHNEN ZUTEIL WURDE, WAR DAFÜR BESTIMMT, IHNEN EINE *KLEINE* CHANCE EINZURÄUMEN, UM HIER ZU ÜBERLEBEN. NEHMEN SIE SICH VOR ALLEM IN ACHT, WAS SIE UMGIBT: BEI DIESER TEMPERATUR REAGIERT IHRE AUSRÜSTUNG NICHT SO, WIE SIE ES GEWOHNT SIND... UND SIE MÜSSEN SICH MIT VORSICHT BEWEGEN. CHARON HAT DIE ANZIEHUNGSKRAFT EINES KIESELS, UND SCHON MIT EINER GERINGEN KRAFTANSTRENGUNG KÖNNTEN SIE SICH SELBST IN DIE UMLAUFBAHN KATAPULTIEREN.

ICH HABE IHR TRAININGSPROGRAMM VERFOLGT UND BIN SEHR ZUFRIEDEN, DASS SIE ALLE DURCHGEHALTEN HABEN...

ABER HIER SIND WIR AUF CHARON, UND DAMIT FÄNGT DER ERNST FÜR SIE ERST AN ...

JEDER MISSERFOLG FÜHRT HIER ZU EINER EINZIGEN KONSEQUENZ: **DEM TOD!**

WIR SITZEN ALLE IM SELBEN BOOT, UND WIR WERDEN ERST ZUR ERDE ZURÜCKKEHREN, WENN WIR DEM FEIND DIE STIRN GEBOTEN HABEN ...

IHRE AUSBILDUNG DAUERT EINEN MONAT. DANN BRECHEN SIE ZU DEM EIN LICHTJAHR ENTFERNTEN PORTAL-PLANETEN **STARGATE** AUF. DAS WIRD IHNEN WIE EIN ERHOLUNGSURLAUB VORKOMMEN, BEVOR SIE IN DEN STRATEGISCHEN SEKTOR GELANGEN, WO SIE EINEN STÜTZPUNKT AUFBAUEN UND WEITERE BEFEHLE ABWARTEN WERDEN.

I 12 A

HIER SEHEN SIE, WAS SIE AUF CHARON ZU IHRER ABHÄRTUNG ERRICHTEN WERDEN. WÄHREND DIESER ARBEIT SIND SIE VOLLSTÄNDIG ISOLIERT. KEINE VERBINDUNG ZU UNSEREM PARADIES HIER, WEDER MEDIZINISCHE HILFE NOCH MATERIALLIEFERUNGEN... UND DANN WERDEN SIE DA DRAUSSEN DARAUF WARTEN, DASS SIE VON FERNGESTEUERTEN ROBOTERN ANGEGRIFFEN WERDEN...

UND DIE WERDEN ES IHNEN NICHT LEICHTMACHEN. VON IHREM GESCHICK, SICH ZU VERTEIDIGEN, KÖNNEN WIR AUF IHRE SPÄTEREN CHANCEN SCHLIESSEN...

MAN HATTE REICHLICH GELD VERSCHWENDET, UM UNS WÄHREND DES **TRAININGS** ZU TÖTEN!

NUR ZU IHRER INFORMATION... DIESER STÜTZPUNKT HIER WURDE VON FÜNFUNDVIERZIG PIONIEREN ERBAUT. NUR ZWANZIG HABEN IHN FERTIG GESEHEN... ICH WERDE *VERSUCHEN*, SIE AM LEBEN ZU HALTEN.

I 12 B

ICH ERWARTE BLINDEN GEHORSAM, DENN DIE GESETZE DA DRAUSSEN SIND EINFACH, ABER HART...

JEDER FALL VON UNGEHORSAM FÜHRT...
... ZUM SOFORTIGEN TOD!

UND ICH BIN NICHT IN DER LAGE, DARAN ETWAS ZU ÄNDERN.

CHARON BESTRAFT DEN GERINGSTEN FEHLER...

WIR HABEN DAS SEHR SCHNELL BEGRIFFEN. EINE ANWEISUNG NUR UM DEN BRUCHTEIL EINER SEKUNDE ZU SPÄT AUSGE-FÜHRT... EIN MOMENT DER PANIK... UND DIE KONSEQUENZ WAR FÜRCHTER-LICH ...

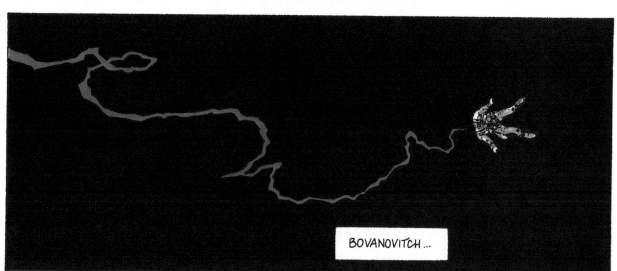

BOVANOVITCH ...

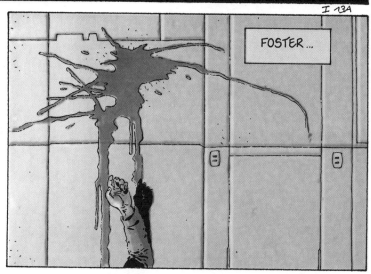

FOSTER ...

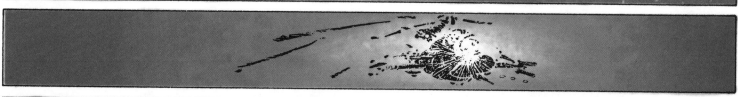

OHANA ...

FREELAND ...

DER BAU
DES
STÜTZPUNKTES
KOSTETE
ELF
MENSCHEN-
LEBEN ...

ZWÖLF, WENN MAN DAHLQUIST MITZÄHLT, DEM DAS ZWEIFELHAFTE GLÜCK BESCHIEDEN WAR, DEN REST SEINES LEBENS AUF CHARON ZU VERBRINGEN: EINE HAND UND BEIDE BEINE AMPUTIERT. MAN KÖNNTE SAGEN, DASS ER NUR LANGSAMER STARB ALS DIE ANDEREN.

JEDER "UNFALL"
RAUBTE UNS
EINIGE WEITERE
ILLUSIONEN,
MACHTE UNS
ÄNGSTLICHER UND
VORSICHTIGER.
UND JEDER WAR
BEMÜHT,
SICH NICHT ALL-
ZUSEHR MIT
DEN GEFÄHRTEN
ANZUFREUNDEN.

WARST DU NOCH AN DER UNIVERSITÄT, ALS SIE DICH EINBE-RUFEN HABEN?

JA. ICH BEREITETE MEIN DOKTORDIPLOM IN PHYSIK VOR. ICH WOLLTE UNTERRICHTEN.

ICH WAR BIOLOGIN.

WO WAR DAS?

DAS IST ZU WEIT WEG, WIRKLICH... AUF EINEM ANDEREN VER-DAMMTEN PLANE-TEN!

HE...?

SIEH MAL...

ALARM!

MANDELLA! DAS IST EIN ANGRIFF!

UNSERE "FREUNDE", DIE RO-BOTER, KAMEN, UM UNS ZU TESTEN. POTTER KOORDINIERTE DIE ABWEHR. ICH BEDIENTE DAS LASERGESCHÜTZ.

I 15A

NICHT SONDERLICH SCHWIERIG... DER COMPUTER MACHTE DIE GANZE ARBEIT UND KONNTE ZWÖLF FLIEGENDE OBJEKTE IN EINER HALBEN SEKUNDE ZERSTÖREN.

EINE FEUERWAND WAR DIE BESTE TAKTIK AUF CHA-RON, DENN DURCH DEN NAHEN HORI-ZONT SAH MAN DIE ANGREIFER SPRICHWÖRTLICH IN LETZTER SEKUN-DE, WAS DIE ZEIT, DIE ZUM REAGIE-REN BLIEB, EX-TREM VERKÜRZTE.

DIE ERFAHRUNG ZEIGTE UNS, DASS DIESES SYSTEM AUCH SEINE MÄNGEL HATTE.

ROGERS! DA KOMMEN INFANTERIE-FAHRZEUGE AUF DIE SCHLEUSENKAM-MER 5 ZU!

450 METER.

GARCIA! BRING DEINE KOMPANIE NACH DRAUSSEN!

ACHTUNG! TOR 6 SCHEINT BLOCKIERT ZU SEIN!

WIR BEHIELTEN DIE SITUATION IM GRIFF...

I 15 B

WIR SIND GAR NICHT SCHLECHT DAVONGE-KOMMEN...

DIESMAL, JA...

I 16A

ES WAR KEIN WIRK-LICHER ANGRIFF. DIESE PANZER WAREN NICHT BEWAFFNET GEWESEN. DARÜBER WAREN WIR BEINAHE ENTTÄUSCHT.

IN EINER ECHTEN GE-FECHTSSITUATION HÄTTEN SIE WAHR-SCHEINLICH KEINE VERLUSTE GEHABT. ABER FREUEN SIE SICH NICHT ZU FRÜH, DAS WAR NOCH LANGE NICHT ALLES !

I 16B

WIR MACHTEN UNS KEINE GROSSEN SORGEN... WIR DACH-TEN, DASS DER WIRKLICHE ANGRIFF, DER NOCH FOLGEN WÜRDE, UNGE-FÄHR ÄHNLICH HARMLOS WÄRE...

ES EREIG-
NETE SICH AM
VORLETZTEN TAG ...

ZWEI PROGRAM-
MIERTE RAKETEN
SCHOSSEN ...

... MIT VIERZIG
KILOMETERN PRO
SEKUNDE...

... GLEICH-
ZEITIG AUF BEIDE
SEITEN ...

... DES
STÜTZPUNKTES
ZU.

MAN KÖNNTE BE-
HAUPTEN , DASS IHRE
GESCHWINDIGKEIT...

... FAST
UNGLAUBLICH
WAR ...

... ABER
DASS MAN
TROTZDEM...

...GENÜGEND
ZEIT HATTE ...

...EINE MILLION
MALE ZU
STERBEN !

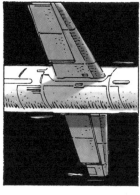    

EINE RAKETE TRAF
UND ZERSTÖRTE DAS
LASERGESCHÜTZ...

...DIE ANDERE EX-
PLODIERTE WENIGER
ALS EINEN KILO-
METER VON IHREM
ZIEL ENTFERNT...

I 17B

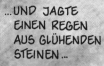

...UND JAGTE
EINEN REGEN
AUS GLÜHENDEN
STEINEN ...

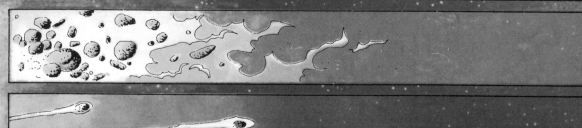

...AUF DEN
STÜTZPUNKT
ZU.

ELF "GESCHOSSE" ER-
REICHTEN IHR ZIEL.

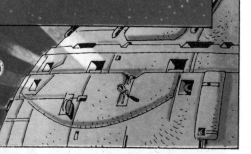

MAEJIMA
STARB ALS ERSTE.

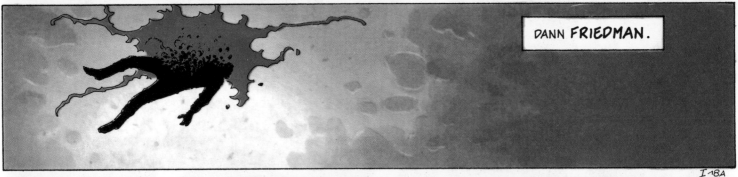

DANN **FRIEDMAN**.

I 18A

DIE ANDEREN SCHAFFTEN ES, IHRE RAUMANZÜGE ZU SCHLIESSEN UND SICH SO VOR DEM GEWALTIGEN DRUCK ZU SCHÜTZEN. BIS AUF **GARCIA**, DESSEN RAUMANZUG VON DEN SPLITTERN DURCHLÖCHERT WURDE.

EINER VON UNS VERSUCHTE, ZUSAMMENZUSAMMELN, WAS VON MAEJIMA ÜBRIGGEBLIEBEN WAR.

ICH HÖRTE, WIE ER AUFSTIESS UND SICH UNTER SEINEM HELM ERBRACH.

CORTEZ, DER BEI IHM WAR, BEFAHL, DASS WIR WEGBLEIBEN SOLLTEN.

ES HATTE OHNEHIN NIEMAND INTERESSE, SICH DAS ANZUSEHEN...

I 18 B

DIE LETZTE PRÜFUNG WAR DIE REISE NACH STARGATE. UNSERE ALTE FÄHRE, DIE UNS NACH CHARON GEBRACHT HATTE, WAR ALS KREUZER AUSGERÜSTET UND IN **EARTH'S HOPE,** *HOFFNUNG DER ERDE,* UMGETAUFT WORDEN! EIN HÜBSCHER NAME, NICHT?

UND EINE ENDLOSE REISE: ABER DIE SECHS MONATE LANGEWEILE ERSCHIENEN UNS DOCH AUF KÖRPERLICHER EBENE WEITAUS BEHAGLICHER ALS UNSERE ERSTE RAUMFAHRT NACH CHARON.

STARGATE: EIN GEWALTIGER, DURCH DEN WELTRAUM SCHWEBENDER STEINBLOCK. DER STÜTZPUNKT HIER WAR KAUM GRÖSSER ALS JENER, DEN WIR GERADE AUF CHARON ERRICHTET HATTEN.

UNSER AUFENTHALT AUF STARGATE WAR KURZ. WIR LEERTEN DIE LADE-RÄUME, UND MAN STATTETE UNS MIT ANGEMESSENEM MATERIAL FÜR UNSEREN ERSTEN FELDZUG AUS.

I 20A

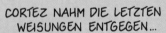

CORTEZ NAHM DIE LETZTEN WEISUNGEN ENTGEGEN...

NACH EINER ABSCHLIESSENDEN MILITÄRISCHEN IN-STRUKTION ALS WÜRZE DER TOTENWACHE BRACH DIE ALTE FÄHRE WIEDER AUF...

I 20B

...UND UNSER KOLLAPSEN-SPRUNG ZU DER NAHEN ERLOSCHENEN SONNE BEGANN...

ER ERINNERTE
ZUNÄCHST
AN EINEN KURZEN
FREIEN FALL,
DANN
VERGRUBEN
WIR UNS
IN UNSERE
KISSEN...

DIE WIRKUNG
DER BESCHLEUNIGUNG...

EINE ROTE
KONTROLLAMPE
ZEIGTE UNS AN...

...DASS ES JETZT
ERNST WURDE.

  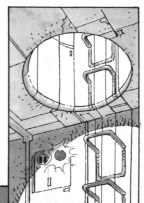  

WIR ERREICHTEN DAS
FEINDLICHE GEBIET.

NACH NEUN TAGEN DER
KREUZFAHRT NAHMEN WIR
ZWEI LEICHTE ERSCHÜTTERUN-
GEN WAHR ...

DIE ERKLÄRUNG DAFÜR
GAB MAN UNS ACHT STUN-
DEN SPÄTER ...

"MITTEILUNG
AN DIE BESATZUNG!
HIER SPRICHT DER
KOMMANDANT
QUINSANA..."

"WÄHREND DER LETZTEN HUNDERTACHTZIG STUNDEN SIND WIR VON EINEM TAURISCHEN SCHIFF VERFOLGT WORDEN..."

ROGERS

"UM 7 UHR 15 HABEN WIR DAS FEUER MIT ZWEI MISSILES VON TAUSENDZWEIHUNDERT MEGATONNEN SPRENGKRAFT ERÖFFNET."

BOHRS

"UM 15 UHR 40 HABEN UNSERE GESCHOSSE DAS GEGNERISCHE SCHIFF SOWIE *EIN ANDERES* OBJEKT GETROFFEN, DAS SICH EINIGE SEKUNDEN ZUVOR DAVON GELÖST HATTE."

CHAVEZ

"DER FEIND WEISS VON UNSERER GEGENWART IN DIESEM SEKTOR. ABER ER KENNT NICHT *UNSEREN AUFTRAG*. SERGEANT CORTEZ WIRD SIE DARÜBER AUFKLÄREN."

WILSON

"HIER CORTEZ..."

CHIN

"ICH WAR MIT IHNEN AUF CHARON, UND ICH WEISS, WAS SIE DORT ERLEBT HABEN: DAS WAR GEWISS KEINE LEICHTE KOST..."

SCHWÄTZER!

POTTER

"ABER WAS SIE JETZT DURCHSTEHEN MÜSSEN, IST ETWAS ANDERES..."

HOLLISTER

"WESENTLICH HEISSER..."

PERRY

"WIR FLIEGEN ZUM PLANETEN *ALEPH*, DER MIT SEINER ERLOSCHENEN SONNE *ALEPH AURIGAE* JETZT UM DIE SONNE *EPSILON* KREIST."

PETROV

"DER FEIND HAT HIER EINEN SEINER STRATEGISCHEN STÜTZPUNKTE ERRICHTET. WIR MÜSSEN IHN ZERSTÖREN UND MÖGLICHST GEFANGENE MACHEN."

HO

"WIR VERFÜGEN ÜBER KEINE HINREICHEND PRÄZISEN DATEN, UM EINEN PLAN AUSZUARBEITEN..."

JONES

"TATSÄCHLICH HABEN WIR NICHT DIE GERINGSTEN ZUVERLÄSSIGEN ANGABEN..."

MANDELLA

DAS WAR *GANZ UND GAR NICHT* PRÄZISE. WIR WUSSTEN ZUM BEISPIEL, DASS **ALEPH** SICH RELATIV NAH BEI SEINER SONNE BEFINDET UND DASS ER VON WOLKEN BEDECKT SEIN WÜRDE, DIE BETRÄCHTLICHE VERDUNSTUNG ANZEIGTEN. HIER GING DIE TEMPERATUR DEUTLICH ÜBER DIE DER IRDISCHEN ÄQUATORIALZONE HINAUS. WIR KAMEN AUS DER *TIEFKÜHLTRUHE* IN DEN BACKOFEN.

I 23 A

I 23 B

"KOMMANDANT AN DIE GEFECHTSTRUPPEN 2, 3, 4, 5 UND 6: BEREITEN SIE SICH JETZT AUF **DAS ZUSAMMENTREFFEN** VOR. WIR WERDEN VERSUCHEN, DIE LUFTVERTEIDIGUNG MIT ROBOT-RAKETEN ABZULENKEN UND UNWIRKSAM ZU MACHEN."

"VIEL GLÜCK!"

"CORTEZ AN ALLE! LANDUNG AN DER KÜSTE BEI POSITION 304..."

"WIR ENTLADEN GERÄTE UND AUSRÜSTUNG."

I 25A

"DIE AUSSENTEMPERATUR LIEGT BEI 79 GRAD."

DIE KOCHEND HEISSEN WELLEN ZERFRASSEN DEN STRAND... WIR BEWEGTEN UNS VORSICHTIG, DA DIE SCHWERKRAFT NUR EIN DRITTEL VON DER AUF DER ERDE BETRUG...

EIN KLEINER, FRIEDLICHER STRAND...

...MIT DEM EINTÖNIGEN GERÄUSCH...

...VON MILLIONEN VON KIESELN...

...DIE EBBE UND FLUT BEWEGTEN...

...SEIT DER NACHT DER ZEITEN...

I 25 B

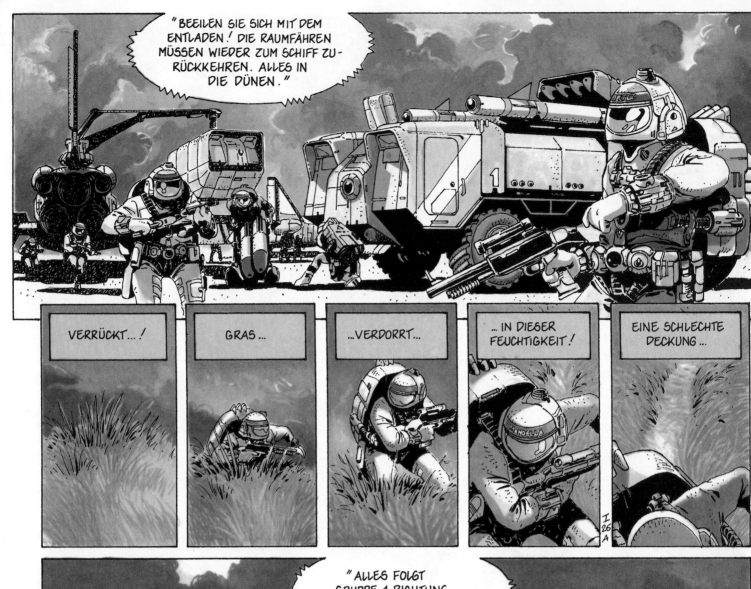

VERRÜCKT...!

GRAS...

...VERDORRT...

...IN DIESER FEUCHTIGKEIT!

EINE SCHLECHTE DECKUNG...

"ALLES FOLGT GRUPPE 1 RICHTUNG NORDWEST. IMMER IN SICHTWEITE BLEIBEN. VORWÄRTS!"

WIR HATTEN NICHT DIE GERINGSTE AHNUNG, WAS WIR TUN SOLLTEN, WENN WIR DEM FEIND GEGENÜBERSTANDEN. DAFÜR HATTEN WIR EIN PAAR SELTSAME SPEZIALISTEN DABEI...

DAZU ZÄHLTEN AUCH EIN AKROBAT UND EINE SEHR BEGABTE TELEPATHIN...

WIR KAMEN
AN SONDERBAREN
PFLANZEN MIT
EINZIEHBAREN
STACHELN VORBEI.
EINE DICKE,
SCHWARZE RAUPE
WAR DAS EINZIGE
LEBEWESEN, DEM
WIR IN DEN ER-
STEN ZWEI TAGEN
BEGEGNETEN.
ROGERS BEHAUP-
TETE, DASS DIES
NUR EINE *KLEINE*
KOSTPROBE DER
ÖRTLICHEN FAU-
NA SEI ...

I 27A

WARUM SOLLTEN DIE "BÄUME"
SONST MIT DIESEN FÜRCHTERLICHEN
STACHELN AUSGERÜSTET SEIN...?

"SERGEANT!
HIER POTTER!"

DIE VORHUT ...

"DA...
DA VORNE
SIND TIERE!"

"ICH GLAU-
BE NICHT, DASS
SIE UNS BEMERKT
HABEN ..."

"WIE VIELE?"

"ICH
SEHE DREI."

"MANDELLA UND
ROGERS KOMMEN MIT
MIR! DIE ANDEREN BLEI-
BEN HIER UND GEBEN
UNS DECKUNG!"

I 27B

"GRUPPE 1, WIR
NÄHERN UNS. AUF
MEIN KOMMANDO DAS
FEUER ERÖFFNEN!"

"SERGEANT!
DAS SIND DOCH
BLOSS TIERE!"

"WARUM HABEN SIE UNS
NICHT FRÜHER GESAGT, DASS SIE
FÄHIG SIND, EINEN TAURAN VON EI-
NEM TIER ZU UNTERSCHEIDEN,
POTTER? KNALLEN SIE
SIE AB!"

ICH FÜHLTE,
WIE SICH MEIN
MAGEN
ZUSCHNÜRTE...

TROTZ ALLEM WAR
ICH NOCH NICHT
GEWOHNT,
HIERMIT UMZU-
GEHEN...

ICH HIELT
EIN GERÄT IN
DER HAND,
MIT DEM MAN
LEBEN
IN TOTE, RAU-
CHENDE MATERIE
UMWANDELN
KONNTE...

*ICH WAR KEIN
SOLDAT, ICH WOLLTE
KEINER SEIN UND
WÜRDE NIEMALS
EINER WERDEN...*

I 31A

"ACHTUNG!"

"ROGERS?"

"ROGERS, BIST DU DAS?"

"WAS?"

"MEIN GOTT, DA VORNE!"

"VORSICHT!"

"ES BE-WEGT SICH!"

"NICHT SCHIESSEN!"

"ES GREIFT NICHT AN!"

I 31 B

"VERDAMMTES VIEH!"

DAS TIER KÄUTE
GELASSEN WIEDER...

...FAST OHNE
SICH ZU BEWEGEN...

...UND STARRTE
MICH SONDERBAR AN.

VERSUCHTE ES, KON-
TAKT AUFZUNEHMEN...

...MIR ETWAS
ZU ERKLÄREN ?

WIE KANN MAN DAS WIS-
SEN BEI DIESEN TIEREN !?

"SERGEANT ! HIER HOLLISTER.
SIE VERSUCHEN, UNS
IRGEND ETWAS ZU
SAGEN..."

"SIE HABEN KEINE
ANGST VOR UNS...
SIE FINDEN UNS...
KOMISCH !"

"SIE SIND
NEUGIERIG, NICHT
GEFÄHRLICH..."

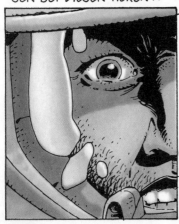  

"FRAGEN SIE MICH
NICHT, WIESO ICH DAS
WEISS. ICH FÜHLE
ES !"

"HM..."

"OKAY... HIER CORTEZ. ICH
WEISS, DASS SIE SICH DANACH SEH-
NEN, SIE UMZULEGEN FÜR DAS, WAS
HO ZUGESTOSSEN IST, ABER WIR MÜS-
SEN VORSICHTIG BLEIBEN. LASSEN
SIE SIE IN FRIEDEN GRA-
SEN..."

ABER NEIN,
ICH WOLLTE
IHREN TOD
NICHT.
ICH WÜNSCH-
TE NUR, SIE
NIEMALS GE-
SEHEN ZU
HABEN...

GENAUGE-
NOMMEN FLOG
DIE MASCHINE
NICHT
ÜBER UNS,
SONDERN ETWAS
WEITER ABSEITS
DURCH DEN
HIMMEL.
SIE BEWEGTE
SICH NUR
LANGSAM VOR-
WÄRTS.

ZUM ERSTEN MAL ER-
BLICKTEN MENSCHLICHE
AUGEN EINEN TAUREN.

I 34 A

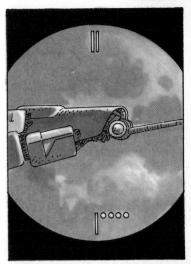   

OFFENSICHTLICH HAT-
TE ER UNS NICHT
GESEHEN... WIR WAREN
IN DER HERDE VON
PFLANZENFRESSERN
UNBEMERKT GE-
BLIEBEN... ER VER-
SCHWAND IN DER
FERNE...

"HIER
CORTEZ..."

"DIE GRUPPEN-
FÜHRER ZU MIR..."

"DIE ANDE-
REN BLEIBEN IN
ALARMBEREITSCHAFT.
HÖCHSTE WACHSAM-
KEIT!"

"VOR
ALLEM SIE,
HOLLISTER!"

I 34 B

MEHRERE
WIEDERKÄUER
SCHIENEN
AM BRIEFING
TEILHABEN ZU
WOLLEN...

WIR
VERSUCHTEN,
SIE ZU
IGNORIEREN...

"SCHALTEN SIE IHRE
BILDSCHIRME EIN. ICH
ZEIGE IHNEN EINIGE FOTOS
VOM FEINDLICHEN STÜTZPUNKT.
SIE WURDEN VON EINEM AUF-
KLÄRUNGS-ROBOTER AUF-
GENOMMEN..."

"HMM...WENN SIE DEN VORTEIL HABEN, DASS SIE IN DER ÜBER-ZAHL SIND, MÜSSEN WIR ZUERST IHR KOMMUNIKATIONSZENTRUM ZERSTÖREN, UM ZU VERHINDERN, DASS SIE IHRE VERTEIDIGUNG KOORDINIEREN KÖNNEN. DIE **HOPE** MUSS UNS VON OBEN UNTERSTÜTZEN."

"WIR MÜSSEN IHRE FUNKSTATION TREFFEN. NICHT WEITER SCHWIERIG, DA WIR DEN ÜBERRASCHUNGS-EFFEKT AUF UNSERER SEITE HABEN."

"UND WENN AUCH DIE TAUREN TELEPATHEN SIND?!"

"! SCHLUSS DAMIT, MANDELLA!"

I 36 A

"WIR MÜSSEN DIESEN STÜTZPUNKT EINNEHMEN, UND ZWAR SO, DASS WIR EINEN GEFANGENEN MACHEN!"

"HIER POTTER: WOLLEN SIE DAMIT SA-GEN, *MINDESTENS EINEN* GEFANGENEN?"

I 36B

"ICH BESTÄTIGE DEN BEFEHL: **EINEN** EINZIGEN GEFANGENEN."

"POTTER, ICH ENTZIEHE IHNEN DAS KOMMANDO. SCHICKEN SIE MIR CHAREZ."

"OKAY, SERGEANT."

POTTERS ERLEICHTE-RUNG WAR DEUTLICH HÖRBAR.

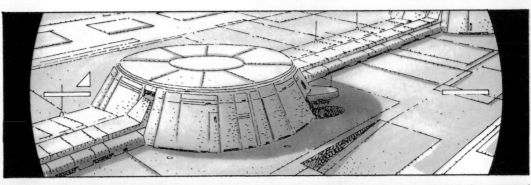

"ALLES MAL HERHÖREN! SIE DENKEN VIELLEICHT GENAUSO WIE POTTER UND FÜRCHTEN SICH DAVOR, EIN BLUTBAD ANZU- RICHTEN..."

MINUS 0:01:02

"WIR KÖNNEN UNS DIE- SE SCHWÄCHE NICHT LEISTEN. DESHALB WER- DE ICH IHRE HYPNO- TISCHE POSTSUGGE- STION AKTIVIEREN, DIE IHNEN WÄHREND DER AUSBILDUNG EIN- GESETZT WURDE..."

MINUS 0:00:48

"SIE VERSTÄRKT DAS HASSGEFÜHL IN IHNEN UND WIRD IHNEN SO IHREN JOB ERLEICH- TERN..."

MINUS 0:00:17

"SERGEANT!"

"RUHE! WIR HABEN KEINE ZEIT FÜR DISKUS- SIONEN!"

MINUS 0:00:01

"WARUM MUSSTE WALLACE VERBLUTEN?"

"WARUM MUSSTE BRUCE FÜR SEINEN FEHLER STERBEN?"

I 39A

"ICH RÄCHE EUCH... ICH WERDE EUCH BLUTIG RÄCHEN!"

"RACHE!"

VERRÜCKT!

I 39B

VERRÜCKT VOR HASS!

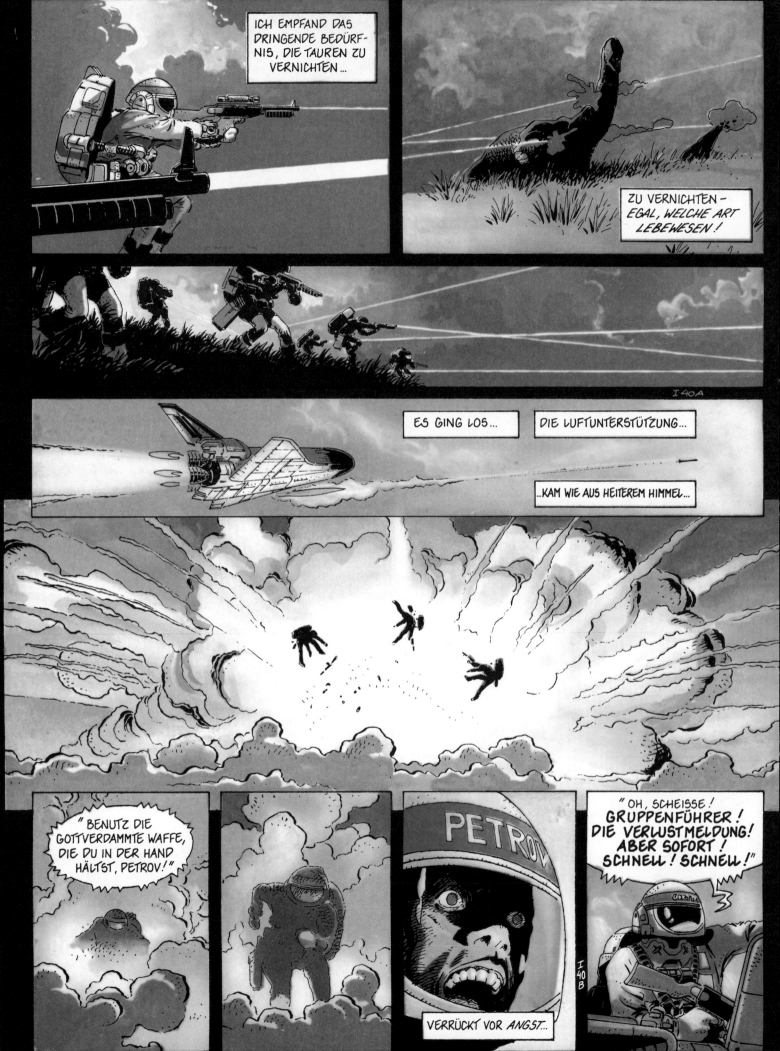

DIE GEFAHR FÜR
UNS KAM NUR VON
UNS SELBST...

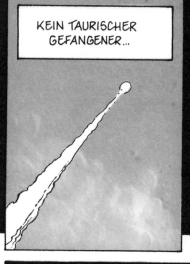

KEIN TAURISCHER GEFANGENER...

DIE BIOLOGEN WÜRDEN NICHTS ZUM STUDIEREN HABEN...

...BIS AUF DAS TOTE, LEBLOSE FLEISCH!

ES WAR AUS: RUHE.

DIE HYPNOTISCHE SUGGESTION WURDE GELÖSCHT...

AM ANFANG WAR ES WIRKLICH GRAUEN-VOLL.

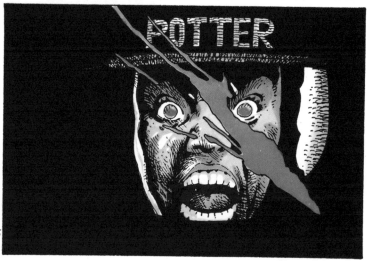

POTTER

MANCHE VON UNS WURDEN FAST VERRÜCKT ANGESICHTS DESSEN, WAS SIE IN EINER ART ALPTRAUM ANGERICHTET HATTEN...

DENN WIR HATTEN EIN WAHRHAFTIGES BLUTBAD VERANSTALTET.

DEN TAUREN WAREN UNSERE BRILLANTEN KRIEGSTECHNIKEN OFFENBAR UNBEKANNT GEWESEN.

UND WIR HATTEN DAS RESULTAT DER ERSTEN BEGEGNUNG DES MENSCHEN MIT EINER AUSSERIRDISCHEN INTELLIGENZ VOR AUGEN.

GENAUGENOMMEN DER ZWEITEN BEGEGNUNG, WENN WIR DIE PFLANZENFRESSER MITZÄHLEN...

DAS *SCHLIMMSTE* WAR, DASS WIR EINFACH NUR UNSERE GEWOHNTE ROLLE SPIELTEN. EINIGE GENERATIONEN ZUVOR WAREN ANDERE MÄNNER AUF GLEICHE ART UND WEISE MIT IHREN MITMENSCHEN UMGEGANGEN.

UND *OHNE* HYPNOSE.

DER KRIEG UND DIE MENSCHLICHE RASSE LÖSTEN ENTSETZEN IN MIR AUS.

UND ICH SCHAUDERTE, WENN ICH DARAN DACHTE, DASS ICH NOCH AN DIE SECHZIG JAHRE MIT MEINEN ERINNERUNGEN LEBEN MUSSTE.

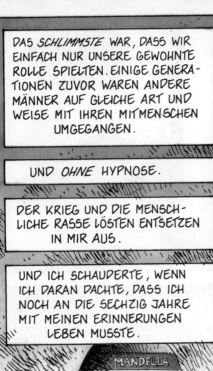

EIN TAURE WAR ENTKOMMEN. ES MUSSTE NICHT SEHR NETT FÜR IHN SEIN, ZU HAUSE ZU ERKLÄREN, DASS ES ETWA FÜNFZIG BEWAFFNETEN ROHLINGEN GELUNGEN WAR, FÜNFHUNDERT SEINER ARTGENOSSEN ABZUSCHLACHTEN ...

ICH VERMUTETE, DASS DIE NÄCHSTE BEGEGNUNG AUSGEWOGENER SEIN UND AUF EINE GERECHTERE VERTEILUNG VON TOTEN AUF BEIDEN SEITEN HINAUSLAUFEN WÜRDE ...

ICH SOLLTE RECHT BEHALTEN ...

ENDE DES ERSTEN TEILS